DAVID WIESNER

La Princesa Dragón

Adaptación de DAVID WIESNER y KIM KAHNG

Editorial Juventud

ESTA HISTORIA FUE VERSIONADA y adaptada por el folclorista británico
Joseph Jacobs en *English Fairy Tales*, 1890, como «The Laidly Worm
of Spindelston Heugh». Estaba basada en una balada del siglo XVIII,
y Jacobs conjeturaba que el héroe original, Owain (u Owein),
era el mismo personaje que Sir Gawain de la leyenda del Rey Arturo.
La imagen de la doncella despertándose en su cama
como un gusano horrible, o un dragón repugnante, me pareció
tan asombrosa, que la pinté en un cartel para The Original Art,
una exposición de ilustraciones de libros infantiles en 1985.
Y después pensé hacer una nueva versión ilustrada de toda la historia.
Mi esposa, Kim Kahng, y yo hemos adaptado libremente la versión
de Jacobs para el formato del álbum ilustrado y para sus lectores.

D. W.

Gracias a Every Picture Tells a Story.

© del texto: David Wiesner y Kim Kahng, 1987
© de las ilustraciones: David Wiesner
© David Wiesner y Kim Kahng, 2005

Publicado con el acuerdo de Houghton Mifflin Company, EE.UU.

Título original: THE LOATHSOME DRAGON
© EDITORIAL JUVENTUD, S. A. 2006
Provença, 101 - 08029 Barcelona
info@editorialjuventud.es
www.editorialjuventud.es

Traducción castellana de Christiane Reyes Scheurer
Primera edición, 2006
Depósito legal: B. 13.437-2006
Núm. de edición de E. J.: 10.795
Printed in Spain
Derra, c/ Llull, 41 - 08005 Barcelona

ISBN-10: 84-261-3533-1
ISBN-13: 978-84-261-3533-9

A mi padres —D.W.

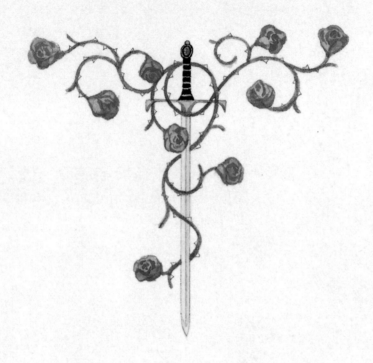

Para Kevin y Jaime —K.U.K.

En el castillo de Bamborough vivían un rey y una reina que tenían un hijo llamado Richard y una hija llamada Margaret. Los dos niños eran tan hermosos como una mañana de verano, y cuando crecieron, su hermosura sólo era comparable con su gentileza y su valor. A su debido tiempo, Richard partió a ver mundo. Poco después murió la reina. Durante muchos años, el rey sólo tuvo la compañía de su pena y su hija. Un día, mientras estaba cazando lejos de su castillo, conoció a una hermosa hechicera. El rey, cautivado, se enamoró inmediatamente de ella y envió un mensajero a Margaret anunciándole que llevaba a casa una nueva reina.

La princesa Margaret se asustó al enterarse de que pronto iba a tener una madrastra, pero le complacía ver a su padre tan feliz. Organizó una elegante recepción para dar la bienvenida a su padre y a su nueva mujer. Con una graciosa reverencia, Margaret ofreció a la nueva reina las llaves del castillo. Al ver que el rey miraba a su hija henchido de orgullo, la reina ardió de celos. «Ya veremos por cuánto tiempo sigue siendo su niña bien amada», dijo entre dientes.

Esa misma noche la reina bajó sigilosamente a las mazmorras, y allí, en la oscuridad, urdió su mágico plan. Nueve veces nueve extendió los brazos y tres veces tres profirió su maleficio.

Convierte a la princesa en dragón,
el amor en miedo, la belleza en horror,
hasta que el príncipe Richard, sin repulsión,
dé tres besos al animal aterrador.

Y así fue cómo Margaret se acostó como una bella princesa y despertó a la mañana siguiente como un repugnante dragón.

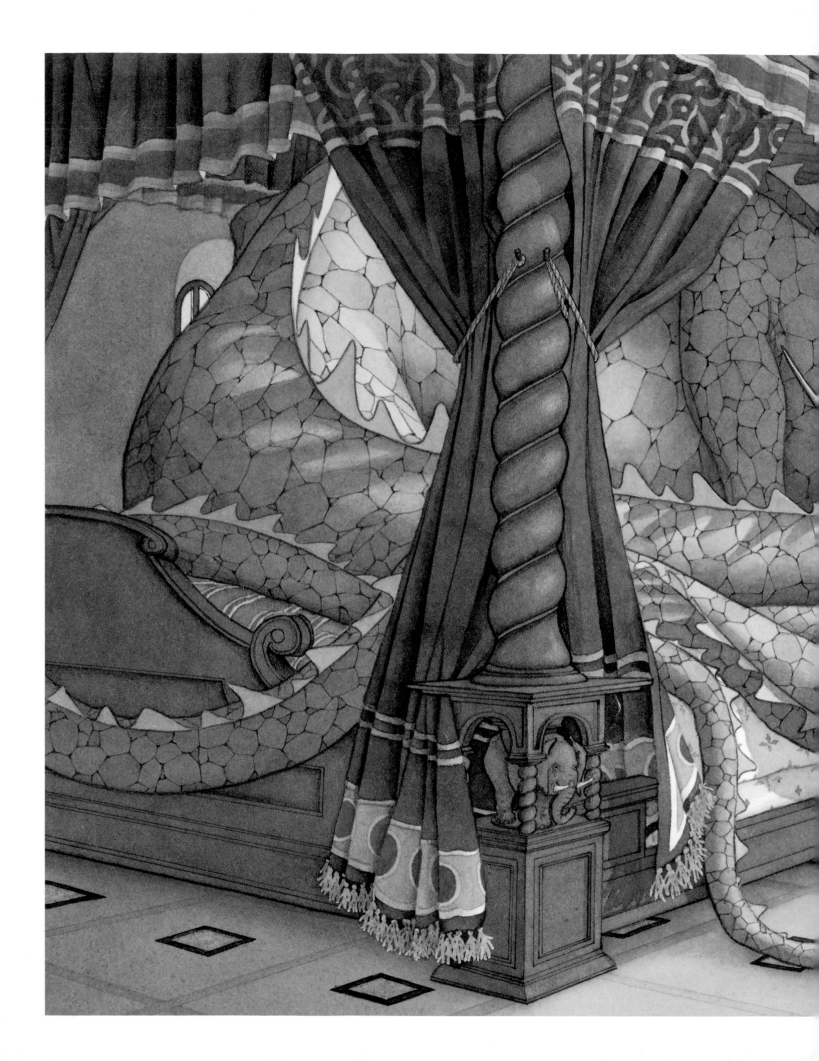

El dragón salió de la cama y se arrastró fuera del castillo. Subió la empinada ladera hasta una roca gigante llamada Spindle Rock. Allí estuvo durante una temporada, pero pronto empezó a errar por el reino, devorando todo lo que encontraba a su paso.

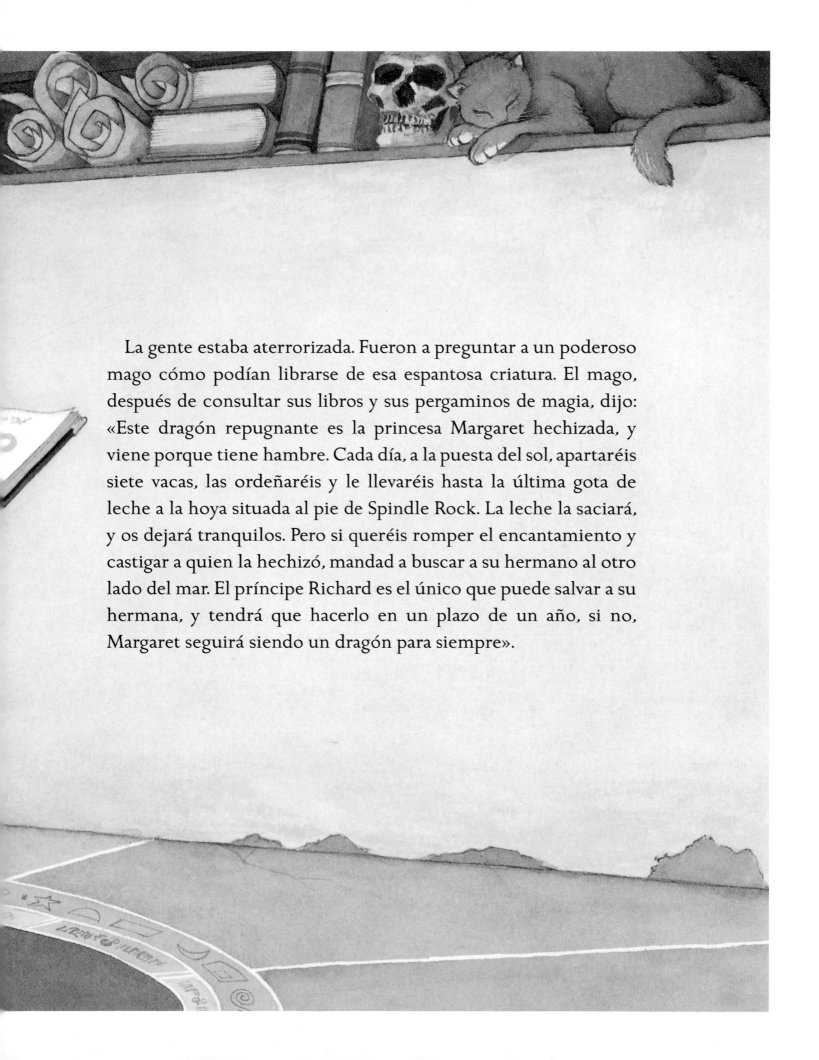

La gente estaba aterrorizada. Fueron a preguntar a un poderoso mago cómo podían librarse de esa espantosa criatura. El mago, después de consultar sus libros y sus pergaminos de magia, dijo: «Este dragón repugnante es la princesa Margaret hechizada, y viene porque tiene hambre. Cada día, a la puesta del sol, apartaréis siete vacas, las ordeñaréis y le llevaréis hasta la última gota de leche a la hoya situada al pie de Spindle Rock. La leche la saciará, y os dejará tranquilos. Pero si queréis romper el encantamiento y castigar a quien la hechizó, mandad a buscar a su hermano al otro lado del mar. El príncipe Richard es el único que puede salvar a su hermana, y tendrá que hacerlo en un plazo de un año, si no, Margaret seguirá siendo un dragón para siempre».

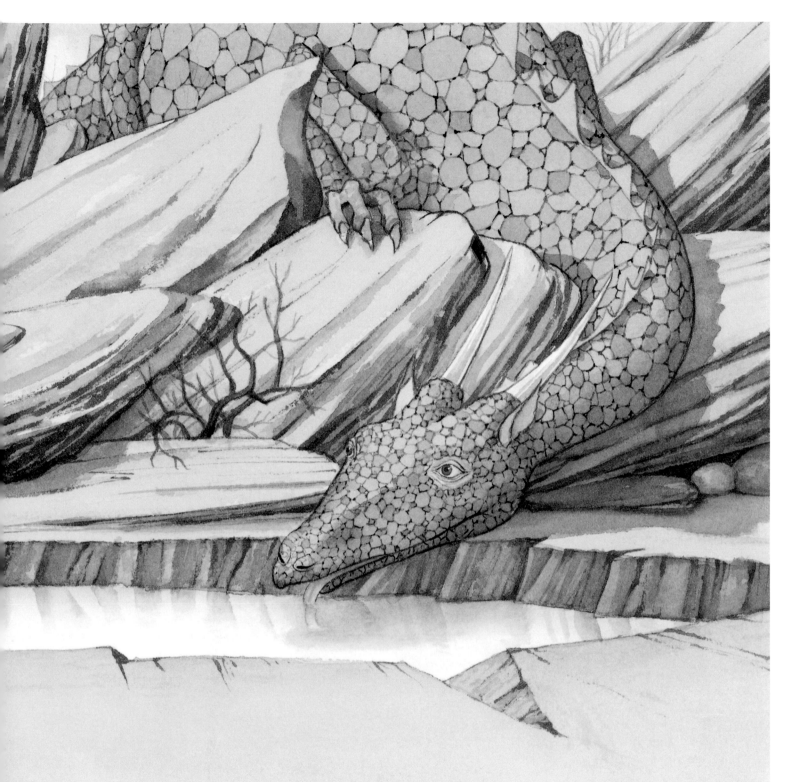

Todo se hizo como el mago había aconsejado. Se envió un mensaje al príncipe Richard, y todos los días llevaron al dragón la leche de siete vacas, de modo que la bestia dejó de molestar al reino.

Pasaron meses antes de que el mensaje llegara a manos del príncipe Richard. Tan pronto como se enteró del destino de la princesa Margaret, juró solemnemente que rescataría a su hermana y que se vengaría de la bruja que la había hechizado. Treinta y tres hombres de su tripulación hicieron el juramento con él. Construyeron un barco con una quilla de madera mágica de serbal, y cuando todo estuvo listo, se hicieron a la mar hacia el castillo de Bamborough.

Cuando la reina se enteró de la llegada del príncipe Richard, se enfureció. «¡Jamás alcanzará la costa!», prometió. Invocó a los espíritus maléficos y les mandó desencadenar una tormenta y hundir el barco. Pero la quilla mágica de la nave la protegió del poder de la reina.

«Así que el príncipe Richard viene preparado, ¿verdad? –se dijo la reina desdeñosamente–. Veremos si puede vencer a su propia hermana.» Nueve veces nueve estiró los brazos, y tres veces tres gritó su maleficio. Entonces, el repugnante dragón bajó de Spindle Rock para obedecer a la voluntad de la reina.

El dragón se hundió en las aguas del puerto y se enroscó alrededor del barco, reteniéndolo a cierta distancia de la costa.

«Esta bestia no puede ser Margaret –pensó el príncipe–, ella nunca se enfrentaría a mí de esta manera.» Tres veces intentó atracar y tres veces el dragón lo detuvo. Finalmente ordenó a sus hombres que hicieran virar el barco y lo aproaran mar adentro, aunque sólo le quedara un día para romper el encantamiento del cual se encontraba presa su hermana.

La reina rió triunfalmente. «¡Lo siento, valiente príncipe Richard! –dijo–. ¡La princesa Margaret seguirá siendo un repugnante dragón para siempre!»

Pero el príncipe Richard no se había retirado. Había anclado el barco en una cala oculta y se dirigía a pie hacia Spindle Rock, donde se hallaba de nuevo el dragón. Seguía sin poder creer que aquella bestia feroz fuera la princesa Margaret, así que se abalanzó con decisión contra el animal blandiendo su espada. Pero se detuvo en seco cuando oyó la voz de su hermana saliendo de las fauces del dragón.

Oh, príncipe, guarda tu espada,
bésame tres veces, deprisa, bésame.
Soy tu hermana hechizada:
no temas, ningún daño te haré.

El príncipe Richard detuvo su mano, no sabiendo qué pensar. ¿Y si eso también fuera brujería? De nuevo, el repugnante dragón habló:

Oh, príncipe, guarda tu espada,
Bésame tres veces, deprisa, bésame.
Si no cambio antes del atardecer,
La que era jamás volveré a ser.

«Desde luego, es la criatura más monstruosa que jamás haya visto —pensó el príncipe—. Pero no hay duda de que habla con la voz de mi hermana.» Con firme determinación, se inclinó hacia la bestia y una, dos, tres veces besó la terrorífica cabeza. Con un bufido y un bramido, el dragón se desplomó en el suelo, dejando ver a la preciosa Margaret dentro de su corazón.

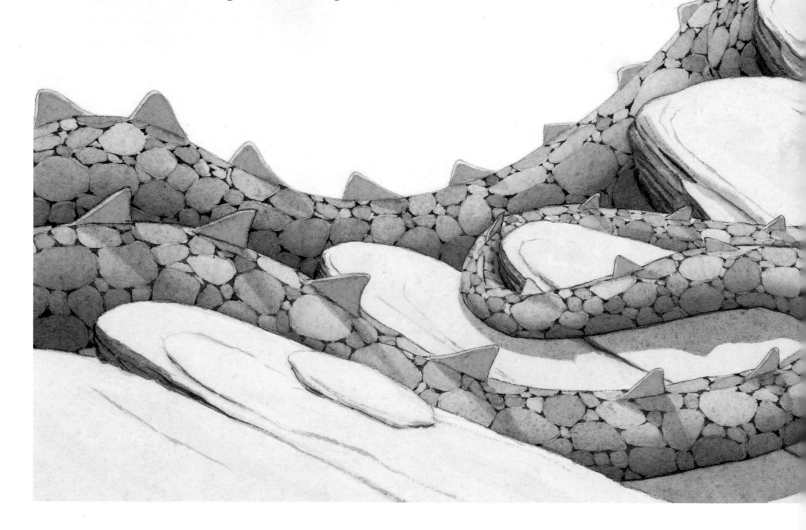

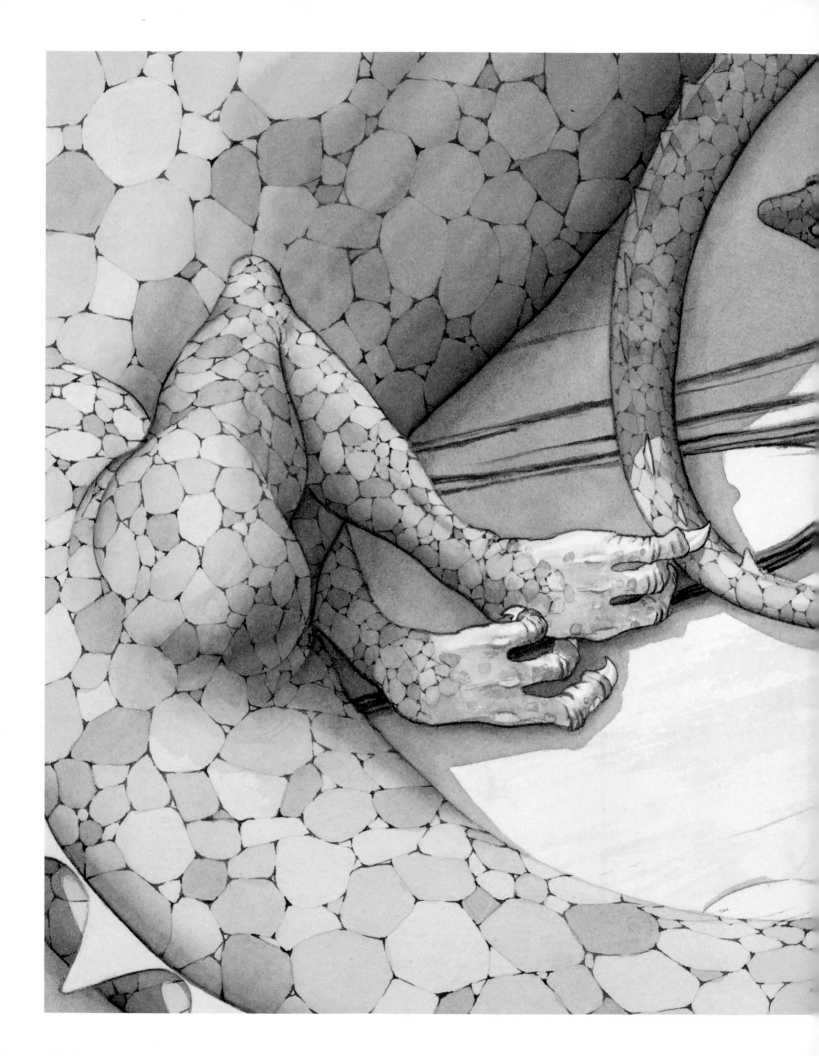

Los dos hermanos regresaron juntos al castillo de Bamborough.
Cuando entraron en la gran sala del castillo, la reina no podía dar
crédito a lo que veía. El príncipe Richard llevaba una ramita de
serbal en la mano. Tocó una sola vez a la reina y ésta, lentamente,
se fue transformando en un sapo repugnante. Croando y silban-
do, el sapo se fue saltando por las escaleras del castillo.

El rey, liberado de los hechizos de la reina, volvió a sus cabales. Gobernó el país con el príncipe Richard y la princesa Margaret a su lado y todos vivieron felices para siempre. Pero desde aquel día, el sapo repugnante ronda por los alrededores del castillo de Bamborough, croando de consternación cada vez que ve su imagen reflejada.